康巴作家群书系(第四辑)

坐享 青藏的阳光

尼玛松保 著

作家出版社

"康巴作家群"书系编委会

为"康巴作家群"书系序

阿 来

康巴作家群是近年来在中国文坛异军突起的作家群体。2012年和2013年，分别在四川文艺出版社和作家出版社出版了"康巴作家群"书系第一辑和第二辑，共推出十二位优秀康巴作家的作品集。2013年，中国作协、中国社科院少数民族文学研究所、中国少数民族作家学会等在北京联合召开了"康巴作家群作品研讨会"，我因为在美国没能出席这次会议。2015年和2016年，"康巴作家群"书系再次推出"康巴作家群"书系第三辑、第四辑，含数十位作家的作品。这些康巴各族作家的作品水平或有高有低，但我个人认为，若干年后回顾，这一定是一个重要的文化事件。

康巴（包括四川省的甘孜藏族自治州、西藏的昌都地区、青海的玉树藏族自治州和云南的迪庆藏族自治州）这一区域，历史悠久，山水雄奇，但人文的表达，却往往晦暗不明。近七八年来，我频繁在这块几十万平方公里的土地上四处游历，无论地理还是人类的生存状况，都给我从感官到思想的深刻撞击，那就是这样雄奇的地理，以及这样顽强艰难的人的生存，上千年流传的文字典籍中，几乎未见正面的书写与表达。直到两百年前，三百年前，这一地区才作为一个完整明晰的对象开始被书写。但这些书写者大多是外来者，是文艺理论中所说的"他者"。这些书写者是清朝的官员，是外国传教士或探险家，让人得以窥见遥远时的生活的依稀面貌。但"他者"的书写常常导致一个问题，就是看到差异多，更有甚者为寻找差异而至于"怪力乱神"也不乏其人。

而我孜孜寻找的是这块土地上的人的自我表达：他们自己的生存感。他们自己对自己生活意义的认知。他们对于自身情感的由衷表达。他们对于横断山区这样一个特殊地理造就的自然环境的细微感知。为什么自我的表达如此重要？因为地域、族群，以至因此产生的文化，都只有依靠这样的表达，才得以呈现，而只有经过这样的呈现，才成为真正意义上的存在。

未经表达的存在，可以轻易被遗忘，被抹煞，被任意篡改。

从这样的意义上讲，未经表达的存在就不是真正的存在。

而表达的基础是认知。感性与理性的认知：观察、体验、反思、整理并加以书写。

这个认知的主体是人。

人在观察、在体验、在反思、在整理、在书写。

这个人是主动的，而不是由神力所推动或命定的。

这个人书写的对象也是人：自然环境中的人，生产关系中的人，族群关系中的人，意识形态（神学的或现代政治的）笼罩下的人。

康巴以至整个青藏高原上千年历史中缺乏人的书写，最根本的原因便是神学等级分明的天命的秩序中，人的地位过于渺小，而且过度地顺从。

但历史终究进展到了任何一个地域与族群都没有任何办法自

外于世界中的这样一个阶段。我曾经有一个演讲，题目就叫做《不是我们走向世界，而是整个世界扑面而来》。所以，康巴这块土地，首先是被"他者"所书写。两三百年过去，这片土地在外力的摇撼与冲击下剧烈震荡，这块土地上的人们也终于醒来。其中的一部分人，终于要被外来者的书写所刺激，为自我的生命意识所唤醒，要为自己的生养之地与文化找出存在的理由，要为人的生存找出神学之外的存在的理由，于是，他们开始了自己的书写。

正是从这个意义上，我才讲"康巴作家群"这样一群这块土地上的人们的自我书写者的集体亮相，自然就构成一个重要的文化事件。

这种书写，表明在文化上，在社会演进过程中，被动变化的人群中有一部分变成了主动追求的人，这是精神上的"觉悟"者才能进入的状态。从神学的观点看，避世才能产生"觉悟"，但人生不是全部由神学所笼罩，所以，入世也能唤起某种"觉悟"，觉悟之一，就是文化的自觉，反思与书写与表达。

觉醒的人，才是真正的人。

当文学的眼睛聚光于人，聚光于人所构成的社会，聚光于人所造就的历史与现实，历史与现实生活才焕发出光彩与活力。也正是因为文学之力，某一地域的人类生存，才向世界显现并宣示了意义。

而这就是文学意义之所在。

所以，在一片曾经蒙昧许久的土地，文学是大道，而不是一门小小的技艺。

也正由于此，我得知"康巴作家群"书系又将出版，对我而言，自是一个深感鼓舞的消息。在康巴广阔雄奇的高原上，有越来越多的各族作家，以这片大地主人的面貌，来书写这片大地，来书写这片大地上前所未有的激变、前所未有的生活，不能不表达我个人最热烈的祝贺！

　　文学的路径，是由生活层面的人的摹写而广泛及于社会与环境，而深入及于情感与灵魂。一个地域上人们的自我表达，较之于"他者"之更多注重于差异性，而应更关注于普遍性的开掘与建构。因为，文学不是自树藩篱，文学是桥梁，文学是沟通，使我们与曾经疏离的世界紧密相关。

　　（作者系四川省作协主席，茅盾文学奖获得者，这是作者为"康巴作家群"书系所作的序言）

目录

悼念李成环 / 001

许多人忙着购买物件 / 002

黑与白 / 003

这地方 / 004

站在冬日里 / 005

阿诗玛 / 006

睡美人 / 007

蛇年，住在 A 座 812 / 008

在邛崃，有一种想写诗的冲动 / 009

东方佛都 / 010

祈愿世界吉祥 / 011

春天起航时 / 012

请问 / 014

心语落地时 / 015

一滴胎血，让我从称多站起 / 016

多年后 / 018

跟随在一群羊后面 / 019

回赠 / 020

心跳 / 021

你的一笑 / 022

喀拉山的嘎依金秀 / 023

听一段你喜爱的歌曲 / 024

马上 / 025

我会看见更多的绿色 / 026

一次旅行 / 027

致女儿 / 028

生活真好 / 029

清晨 / 030

两寒相交时 / 031

无题 / 032

发现另一个理由 / 033

阿佳啦 / 034

吉祥 / 035

大雪这天 / 036

一片雪花 / 037

朋友说 / 038

没有看见风的影子 / 039

长袖舞动时 / 040

怀柔，有诗的记忆 / 041

小草 / 042

七月 / 043

不用扣动扳机 / 044

思念 / 045

三江情缘 / 046

一首小诗 / 047

遇见 / 048

趁夜色还好 / 049

今夜 / 050

这一天 / 052

嘎依金秀 / 053

羊羔花 / 054

笛声 / 055

仅此一朵 / 056

远逝的藏獒 / 057

像一条冰凉的鱼 / 058

解疑释惑 / 059

五月 / 060

一次酒吧 / 061

像雨整齐地翻山越岭 / 062

这个季节，我们在山上 / 063

六月 / 064

我在渤海湾 / 065

在海边 / 066

深夜听海 / 067

高处，雨懂得山的静默 / 068

走好，我年轻的兄弟 / 070

盘腿坐在七月 / 071

继续明天的变数 / 072

无题 / 073

这个秋季，我在一棵白杨树下 / 074

母亲如是说 / 076

等你，为期一季 / 077

我与心爱的人去了拉萨 / 079

像你的笑 / 081

一匹奔跑的狼 / 082

一起飞 / 083

怀念一杯茶 / 084

又见隆宝滩 / 085

教师节感怀 / 087

踏雪而归 / 088

花儿谢了 / 089

行走拉司通 / 090

你是我的阳光 / 092

无题 / 093

你来看我吗 / 094

一棵歪脖子树下 / 095

别对我说冬的寒冷 / 096

请等月亮升起 / 097

至少 / 098

只记了一段 / 099

我能说什么 / 100

选择 / 101

等待，一场让风停歇的雪 / 102

燃灯节的早晨 / 103

我会留守这个你不常来的地方 / 104

我用一把锋利的剑划过夜空 / 105

无题 / 106

鹰／107

距离／108

他们／109

古塔／110

巴颜喀拉山／111

无题／112

如果／113

一个风不知晓的午后，期待与你见面／114

三月，有人等雪／115

白桦树／116

五月前后／118

母亲／120

目睹／122

座椅上的人／123

悼念李成环①

承载的何止是艰辛
这条用生命铺就的天路
时常在心里延伸

熊宁、黄阿福、李成环
这些熟悉或不熟悉的人
长眠雪域。不为别的
就为逾越一次寒冷的季节

每当年轻的生命留在玉树
我的眼里噙满泪水

记忆中，有些人永远不能忘却

2012年12月10日

———————

① 李成环，女，兰州市一名代课教师。她与丈夫龚大锁，放弃
度蜜月，为玉树灾区孩子筹集过冬棉鞋。2012年11月25日，
两人在从玉树返回兰州的途中，不幸遭遇车祸。12月4日，25
岁的李成环不幸去世。

许多人忙着购买物件

毫无准备
一场雪落进静默的世界
雪地里的秘籍
被一场风掳走
天变了，乌云四起
惊恐在风中
许多人忙着购买物件

2012年12月16日

黑与白

后来的风，把一场雪
染黑。雪不再洁白
银元又为何发黑

有人说，心字上的三点
起初是雪，后来变成了泪

2012年12月28日

这地方

这地方，没人探望诗人
诗人病了，病在黎明前
这地方，诗人创造不了财富
所有的空灵就是他的全部
这地方，没人关心诗的斤两
若干年后，诗人走了
走在他的意境里

2013年1月20日

站在冬日里

可以大胆地恋冬
可以把寒风的刺痛
藏在心所不及的地方
对于看风景的人来说
冬季是他最好的去处
其实，许多刺痛
往往带有丝丝甜蜜

2013年1月25日

阿诗玛

是风，把我带到了你的身边
丛林间你已变成一尊石像
你的芳香，无处可寻
那些沉默的石林，沉默的树木
不与我言语只与我对视
于是，我高呼你的名字
这样我能感觉得到你的心跳
阿诗玛，听到了没
我从远道而来
为你捧起一条藏家的哈达

2013年2月10日

睡美人

一条路，一段故事
彩云之南，我走过的一条路

若干年了
昆明的模样已记不清
而传说中的西山
以及西山下的滇池却在脑海

一些记忆，我不想留存
特别是那个睡美人
还有透澈的能激起涟漪的滇池
让我伤感，永远

2013年2月10日

蛇年，住在A座812

蛇年，在昆明
A座812是我临时的家
房间很大，落座阴面
蛇状的落地窗坚硬、透明
坐在窗边看见楼底下的道路
和路边的金马碧鸡
夜里，路面有车辆流动
像蛇状，充满生机和活力
我到的这天，恰逢蛇年
蛇年有活力就好

2013年2月11日

在邛崃，有一种想写诗的冲动

后来，在邛崃的某条街上
遇到了文君故里
文君的笔墨味不在巷里
走在这样的巷道
有一种想写诗的冲动

街边的榕树、梧桐、白玉兰与我陌路
那座直插云霄的古塔有些年头

后来自己在估摸，为什么想写诗
因为文君故里，还是别的什么

2013年2月13日

东方佛都

这是第二次叩拜东方佛都
从抬起左腿起
佛的导语，在耳旁
他用一炷香寄托了今生
寄托来生一样能点这样的高香

合拢的双手在颤抖
佛啊！请悲悯这颗流浪的心
总是降服不了尘世的杂念
看见了吧，他用肢体礼拜什么
可心儿早已飞到很远的地方

2013年2月20日

祈愿世界吉祥

一时我身处云里。这种升腾
让我来不及有任何杂念
身边的香客微闭双眼
神情专注，双手合在胸前
我不知道她在祈福什么
在金顶，我也双手合十
祈愿世界吉祥，我亦吉祥

2013年2月20日

春天起航时

春天起航时
我越过了高高的喀拉山
当金黄的草原淹没我的视线
发现山那边的千湖之乡
没有传说中那么美丽
明天是三月
临近三月的草原还未解下衣带
消瘦的冰川拥抱着大地

汽车驶过熟悉的草原
查拉滩没有雪的压迫
路边飘动的经幡
告诉我风从草原过

轻轻摇下车窗，雪山向我招手
许久未有的亲切模糊了我的视线

暮归的牛羊减下了车速
这一刻，我的等候是如此的静美

我知道，不远处是宽阔的嘉唐
再往前就是美丽的玉树
回家了，回到曾经受伤的家园

2013年2月28日

请 问

春色探头时
你说你会变成一朵花
开在我多情的心坎上
噢——我美丽的央金
草丛中那么多的花儿
请问你是哪一朵

白云飘去时
你说你会变成一滴雨
落在我干涸的心田上
噢——我美丽的央金
天空中那么多的雨水
请问你是哪一滴

2013年3月4日

心语落地时

心语落地时，季节伏藏在旷野
注入的情感能否开出期待的花

春天已悄然来到草原
我想把记忆交给下一季
这样，我就可以盘腿而坐
坐在炉灶边，听一段英雄史诗

这一季，雪比往年来得迟
这一季，心比季节早了一拍

2013年3月13日

一滴胎血，让我从称多站起

一滴胎血，一张太阳色
注定我的音调是称多的
伏藏的灵光，让我从称多站起

一种基因，一路走姿
让我拥有称多的血性
后来的灵性，把我的羽翅
鼓在高高的蓝天

我不曾经历八思巴加持的港湾
可后来的称多把我交给多彩的世界
如同渡口边矗立的白塔把信仰释放给人间

从我认识喀拉山开始
发现流动的血液里
澎湃着故乡的声音
一种梦里的亲切
把我的魂系在称多

如果说
岁月里走失的云朵
在异乡的天空
母亲轻轻的召唤
恍然一阕春风
明媚我回家的路

2013年3月14日

多年后

多年后
没人记得我从草原走过
那些留下的纸张篇页
或许被鹰衔去
存放在属于它的高度

活着的时候
没能省略爱情、粮食
还有挚爱的诗歌
离去的时候，我想嘱托雪山
别停下诗的澎湃

如果有来世
我会继续闻着油墨味儿
去找寻前世的记忆
那时，我一样从鹰的羽翅上
找回属于我的诗歌

2013年3月22日

跟随在一群羊后面

花儿绽放时，三月离开了我
说好一同走进溪水欢腾的季节
忧郁的四月不与我言语

时光匆匆，风沙里
孤独的草原有我长长的影子

美丽的云朵在我的上空
可期盼的雪总被风卷走
缺失绿色的岁月里
我跟随在一群羊后面
蹄踢地底下的春色

2013年3月29日

回 赠

云把自己交给了风

选择一次远行

这样的决定

对于远方来说，是条好消息

谈到回赠时，云说

在我漂泊时

洒我一身阳光就足矣

2013年4月19日

心 跳

谁在听海的心跳
在一座不知名的雪山下

那固有的经幡与风帆
其实早已遥相呼应
只是一个在高处
一个在海面

2013年4月19日

你的一笑

只是人群中多了那么一笑
后来的思绪越发不能自拔
就像游荡的狼寻找传说
那个神秘的午后
那个用术语无法解开的一瞬

你的一笑让那些失去
形状的情歌再也走不回来
无论岁月怎么变换
影子总是拉长着自己的细长

你这一笑，时光背面的距离变成了距离
你这一笑，夜里的火焰赶在了黎明前

2013年4月30日

喀拉山的嘎侬金秀

无人傍及，天边的喀拉山
俗世之外的宁静
一线美丽的景色不在原野
站在五月，一朵嘎侬金秀
一颗心跳的声音

是谁编制的牧歌
让梦宁静在花心中
是谁写下的诗句
如同嘎侬金秀
站立的躯体在高高的喀拉山

起飞、盘旋、俯冲
鹰的勇气固有的气质
无论大地、高空
灵性如嘎侬金秀，远离俗世
与雪亲昵、与风呢喃

2013年5月9日

听一段你喜爱的歌曲

暮色围绕孤单

一缕青丝从指间攀升

燃成的灰烬把思念停留在五月

这样的感触让我记住了

这个花开的季节

最好你在，如果不在

我也会敲打键盘

从你的音乐盒里

听一段你喜爱的歌曲

2013年6月3日

马 上

这样的约定，让之前的耐心
开始变成焦虑，最后近乎疯狂
马上好，马上发，马上去
马上到，马上……
后来，不经意间听到马上两个字
神经不由紧张，眼前一片虚幻

2013年6月7日

我会看见更多的绿色

　　　　这是一座新城
　　　　一座用生命筑就的新城
　　　　五月，远方的小树落座这里
　　　　泛绿的生命，让我看见了明天
　　　　不会太久，在这座新城
　　　　我会看见更多的绿色

　　　　　　　　　　　　2013年7月10日

一次旅行

当滑行始于草原
发现旅途便从海口进行
看见椰树摇曳梦的风姿
扑鼻的何止是醉氧
大海，我来了
带着草原的气息
还有雪山的高度

2013年12月21日

致女儿

你经过的那条路上

必定遇见一座山

那高高的红土山啊

是我为你挺起的脊梁

看见了没，远远驶入眼帘的

是黑颈鹤的故乡

纯净的草原是藏家人的梦

在离天很近的地方

有珠姆王妃的歌谣

静静的聂恰河啊

如同英雄史诗流向远方

拐弯处，一座腾空的桥梁

把你带入美丽的曲麻莱

那片辽阔的草原

将是你放飞梦想的地方

祝福你，远在路途的女儿

用你的智慧绽放美丽的青春吧

2013年12月31日

生活真好

后来，我在一家南海的阳台上
静得听不见椰树声的海之滨
品味雪山那边传来的消息

得知你在翻阅一些书籍
像我阅读海的宽广和浪的积极
还好，没有停下阅读

告诉你旅途还在进行
和草原一样，这里的每一条河
每一座山，都有一个温馨的名字

沿途的幸福
我会用诗的语言传递给
每一位我爱的，爱我的人
噢，还有陌生人

生活真好
无论缺氧或醉氧

2014年1月2日

清 晨

清晨。海螺声
从喇嘛庙传来
红山之顶，一朵祥云
缠绕布达拉宫
雪山下，磕长头的阿佳啦
在听悠长的海螺声

2014年1月10日

两寒相交时

桑烟升腾，清香味儿扑鼻
与寒流迎面的转经人
错过了夜里的雪
和人们一样，我也错过了那场雪
夜里的雪带来了刺骨的冷
可我喜欢这样的冷
源头的冷是故乡的冷
故乡的冷不像外面的冷
这样的冷不会让我冻伤

2014年1月11日

无 题

草地。羊皮风箱鼓起了声线

打从风雪过后
对你的思念停在了垭口
也就那天，探访营地的人
醉在了半路上
他没能到达你说的星座

时间再次爬上纸烟，缠绕无眠的夜
后来，心是到了
可谁知道，那片草地已荒芜

2014年1月16日

发现另一个理由

枝头。月牙
鸟的影子掠过天空
看得出，文字已装点不了生活
精气神似乎藏在各自需要的地方
想要的记忆已无从找寻
出门时酒店在后面
脚步却在另一个巷道

2014年1月21日

阿佳啦

如片花剪切了细节
狂野的青春，穿越梦境
而今，一些哭泣
是否为不再回来的岁月
掳走的半颗心
是否为季节的符咒
藏匿的那个地方，我的阿佳啦

2014年1月23日

吉 祥

只为一场形似胡同里的梦
把自己交给了北平
交给了红墙黄瓦

早起，恰逢落雪
京都的每个角落散发着欣喜
比如老墙根，比如雍和宫
比如清华，比如北大……

走到前门，突然想起夜里的梦
想起脚下的雪，想起今儿是年三十

2014年2月7日

大雪这天

大雪这天，雪山俊俏
午后的阳光直射通天河
冰面开始裂缝。斑驳的六字真言
没有腊月里那么清晰
打开电视，索契的冬奥会在继续
打开窗户，春风吹醒满屋的花草

2014年2月18日

一片雪花

一片雪花
从天宇的后花园里
款款而来。一片雪花
一片款款羞涩的雪花
赶在春光里
赶在没有大风的日子里
寻找自己的高地
寻找让梦生长的地方

2014年2月27日

朋友说

案头的书籍

高过原先的视线

多半是自己喜爱的诗集

朋友见了不屑一顾

说我的年龄不宜写诗

无语的我掂了掂手里的《吉檀迦利》

在想，这本获得诺贝尔文学奖的诗集

是在泰戈尔51岁时完成的

2014年3月3日

没有看见风的影子

风的影子不在季节里
风的歌谣却黏在那把弦上
谁能用这把琴弦
打开通往月亮的门
歌者在唱，如泣如诉
后来，发现自己在梦里
而你仍在旅途，和我一样
没有看见风的影子
只听见一段忧伤的歌在飘荡

2014年3月17日

长袖舞动时

长袖舞动时，已是七月
七月，朋友醉了
醉在一朵云里
醉在云端的翅膀

2014年4月10日

怀柔，有诗的记忆
——悼念诗人卧夫

后来，听说你走向一条幽谷
走向一条名为怀柔的地方
我不知道你出走时的心情
但我知道，你出走时怀揣一首小诗

我会记住怀柔
记住那条有诗的幽谷

2014年5月13日

小 草

我宁愿是一株小草
一株山坡上的小草
一株从石头缝里站起来的小草

2014年5月19日

七 月

——献给第二届唐蕃古道诗歌节

彭达讲，七月
有朋自远方来
彭达讲，七月
有一弯彩虹
飞架玉树，装点生活

2014年6月27日

不用扣动扳机

枪管已生锈
但它依然瞄准了我
那熟悉的猎枪
是我多年前的最爱
不用扣动扳机
随便那么一响
我会应声倒地

2014年10月28日

思 念

看见节日的氛围浓妆夜的情绪
灯火阑珊处圣诞老人在微笑
这节日与我无关

仰望天空
看不见雪线以上的星星
思念悄悄爬上心头

今夜是怎样
或许一场雪封冻了草原
炉膛里的温度会降吗

今夜听见海的声音
今夜圣诞老人在微笑
今夜我的思绪
在雪山之后的草原
在草原之后的雪山

2014年11月2日

三江情缘

必定与三江有缘

源头的　入海的

只是抚摸南海时

已经触摸了万泉河

九曲江　还有龙滚河

都说博鳌汇聚了世界的智慧

就像这里的三江孕育海的宽广

站在南海边

突然想起高高的三江源

那条源自天上的长江　黄河　澜沧江

2014年11月5日

一首小诗

一首小诗碧绿如叶
之旁的嘎依金秀
是五月也是我的全部

一首小诗
源自天堂
滴落的甘霖
是我一生的涌泉

高处是连绵的冰川
入口是碧波的荡漾
一首小诗一滴水
一朵浪花一首诗

2014年11月7日

遇　见

总比白天里好
黑夜里的遇见

2014年11月25日

趁夜色还好

开始歌唱
唱自己喜爱的景色

来，走了这一杯
趁夜色还好
只是，别问我用什么下酒

2014年12月1日

今 夜

犹如钟爱的诗页

季节舞动在漂泊的云朵上

就像这个静谧的午夜

高处的明月

不愿悬在某个角度

跟着近乎夸张的季节

想起　异乡结伴远游

捕捉南海美妙的机缘

想起　还未卸下旅途的疲劳

扑入盛满温泉的浴池

想起　嬉笑而欢的朋友

淋湿在幸福的那一刻

不知可好

后来起飞于天涯的朋友

都说美好的总是短暂的

可几人愿从

星光无涯的梦境中醒来

今夜
我一脚踏向雪山
一脚却陷在海的记忆

2014年12月8日

这一天

这一天，雪花如期而至
这一天，酥油灯如期点起

掌心向上，雪在燃烧
雪在燃烧，掌心向上

听见有人在喊
我要搂住火焰
搂住最初的光明
火焰飘移，火焰熄灭

我清楚，自己无法抵达
那柱光芒所及的地方

2014年12月17日

嘎侬金秀

想听喀拉山的心跳
就要从雪地燃气一团火焰
这样，天边的火焰
似云朵般灿烂

想把春赶上山梁
就要在风雪中甩动呜嘎
这样，山里的嘎侬金秀
一开就是一季

我会站在风中
勇敢地，与一线纯黄拥抱大地

2015年1月1日

羊羔花

羊羔花，从草地漫过来
在喧腾的小溪边
和山那边的嘎依金秀次第而开
那是怎样的声音，从五月出发
清脆、嘹亮、风一般自由
除非，有更高的雪山将其挡住
有更寒冷的季节将其凝固
这复苏的原野啊，这每一双眼睛
都将填满希望和阳光
如果站在高处，就会看见
你爱过的草原与溪水
从来都在欢腾，即使受伤
而羊羔花，把岁月掰成两半
一半送走寒冷，一半迎来温暖

2015年1月13日

笛 声

水的柔韧
让我有了回眸雪山的喜悦
站在入海口，最先想起的
是天边的格拉丹东

玉树，一个遥远的地方
有我的思念，就像眼前的江水
急切地想投入大海的怀抱
每一滴水珠，像牧人的眼泪
晶莹，剔透

我住在源头，江河之源头
住在有笛声的地方
而熟悉的牧笛
却从大海的涛声中听到
这笛声多么亲切，多么辽远

2015年1月27日

仅此一朵

仅此一朵
开在无人问津的早春
鲜艳夺目，光彩照人
吐蕊的芬芳
不在枝头，不在原野
仅此一朵，开在月圆之夜
开在拾荒者的心灵

2015年3月6日

远逝的藏獒

似风雪中最后的花瓣从雪山消失。

——题记

迁居远方，迁居美丽的庭院
我不再属于草原，草原是我的昨日
每次面向青藏，面向梦里的亲切
为什么总有一把阴冷的刀迎我而来

注定要离开雪山，离开草原
只是临走时，突然想起
那匹与我对峙的大灰狼
是否记得我，记得山里的那次搏斗

2015年3月22日

像一条冰凉的鱼

乘不那么黑的时光

逆流而上，像一条冰冷的鱼

欢乐多半会夭折。劫难之后

那些留下的幸福即使在雨中闪着光芒

别说刺目，母体里黎明是夜的婴儿

哭声或许能证明什么，但一切都不重要了

当太阳升起，温暖弥漫

小草、溪水、睁开的双眼，来不及话别

夜里的苦难。一米阳光渗入地心

和山梁的雨珠培育季节

培育夜里暗香的花朵

2015年5月15日

解疑释惑

我在青唐，读了一首小诗
到了结古没能明白怎么回事
这种诡异的措辞造句带来的痛苦
只能求助朋友，读不懂怪可惜的
可惜什么，读不懂才叫诗文
就像看不懂才叫风景
写诗的朋友对我说

2015年5月18日

五 月

各种花籽已饱满

骨骼裸露　雨落街头　落在长夜

青藏暖色的枝条享用月光　风起叶展

我停下手机　等着远方的消息

从草地走过　身边的杨树动了

而草地另一处　我的嘎依金秀

独自凝望　牧人　狗和羊群

2015年5月20日

一次酒吧

严格意义上讲

西宁只有22天夏日

一次酒吧，朋友对我讲

说这话时，看到他有些醉意

之后，我回到玉树

在想，玉树有没有夏日

那一点点积攒的绿色

是不是让我活在

缺失夏日的季节里

于是，一次酒吧

我对朋友讲

玉树没有夏日

说这话时，估计自己醉了

尽管没有喝酒

尽管没讲出个所以然来

2015年5月31日

像雨整齐地翻山越岭

      草已冒尖，季节躁动。

      伤痕，深浅不一。

      云的可爱就在于前行，永无停止。

      突兀的哭声藏在山间

      留下的安宁，与牧道不远

      毁坏的围栏，拉近了人与草的距离。

      开始整齐地翻山越岭，像雨不留死角。

      开始不留死角，像雨整齐地翻山越岭。

2015年6月1日

这个季节，我们在山上
——给山里的孩子

小路，直插云霄
丢下六月，丢下半块橡皮
雨水充溢，草儿个个饱满
少年，站在六月

半块橡皮在等少年
七月，在等少年
小镇上，草咳血疾驰。

2015年6月3日

六 月

六月。多雨
各种花儿竞相开放
六月，依然偏冷
寒意，披在山上

草尖上，每一滴露珠
是我看到的故乡
那些个六月里的悲欢
很亮，它在我的视线之外
触摸不及

2015年6月5日

我在渤海湾

渤海湾，形似葫芦
它的宁静，让人想起六月里的雪山
微黄的暮色，微黄的摇滚
摇滚，让人想起草原的锅庄
我在海边，莫名地在想
山的高度与海的辽阔

2015年6月8日

在海边

有些日子了，这匹青藏的狼独自在海边
它用明亮的眼睛注视海的深邃
远处传来的声音，这海的声音
促使疲惫的狼安然入睡

远方的船舶，似隐约的驮牛行走在草地
起伏不平的浪把月亮打入海底
把湿漉漉的太阳托出水面

海的声音让人兴奋，像马的嘶鸣
羊的咩声，又像狼的长啸
海的模样让人想起
草原固有的辽阔与坦荡的胸怀

阳光下，海天已成一色
睡醒的狼悠然地潜入海底

2015年6月17日

深夜听海

这时的祈祷源自一丝月光
一丝海上的月光
而海的浪花，把我的祈祷
带向心所不及的远方
我要启程，披着月光
我知道，青藏是我的方向
在我启程之前，我要怀揣一珠海水
我要把它洒在草原
是的，我不可以重生
但草原一定要重生

2015年6月19日

高处，雨懂得山的静默

草木疯长。六月里，
云走走停停，山间，田野。
草地上，觅食的飞鸟，
在看不大不小的雨或雨夹雪。

六月偏冷。从早晨到傍晚，
古镇的丁香依旧开放，
开出的花萎缩或昏庸。
时光转换，夏至秋又近，
风未干，孤独的雨下个不停。

一支香烟，驱逐寒夜，
吐出的青丝随风而去。

路上，匍匐的人们渐向远方。
那些个质朴的品格，不会因为贫穷
忘却或薄弱一丝善念。

一场暴雨洗礼草原。

许多个景色像闪电，
那么短暂，包括生命。

高处，雨懂得山的静默。

2015年6月24日

走好，我年轻的兄弟
——悼念娘吉本

陡然听见
二十年前可可西里的那个枪声
夕阳里，藏羚羊看见
一抹鲜血染红了太阳湖

六月里，传来青海湖在落泪
飞来的小鸟告诉我
年轻的生命离我们远去

太阳湖，藏羚羊疾驰
青海湖，湟鱼在游动

2015年6月29日

盘腿坐在七月

盘腿坐在七月
这天，蓝得出奇
疯长的生命
疯长的色彩

雪线上
一朵云不是你的坐标

许多人来到草原
任暴风雨洗礼，任太阳涂抹

有一天，唱完了牧歌
用什么舞蹈踏热草地

2015年7月10日

继续明天的变数

无需言说，那故事
从一株嘎侬金秀开始

天空下，偌大的草原
并未让雪山孤立。垭口的风
吹在没有夏日的季节

谁能弯下身躯
谁就趾高气扬

听说，英雄要转战南北
在另一个地方口若悬河
而我们在家门口抱着一块石头
继续明天的变数

2015年7月23日

无 题

我会焕然喜悦

那乌云离我远去

云的远走

不妨碍通天河的奔流

不妨碍柳条在风中摇摆

不妨碍人们积极地生活

必须就范于一些错误

那一日中出现的多个景象

让你我措手不及

不久前，和朋友谈通天河

他说，青藏有海的印记

我们要回归大海

我们要乐于沉醉在

一块石头与冰冷的器具撞击的火花

2015年8月16日

这个秋季，我在一棵白杨树下

树叶凋零，迫不及待
凋零，不伤痛

我在一棵树下
孤傲的身影拉长了思绪

青藏的蓝无法言表

和你一样，我会搂着她
这株不为人知的白杨树
像处世不深的情人
我会用整个秋季与她为梦
在我的上空，与明亮的秋日

她很高，很纯洁，离我很远
当我抬起头，她在云中

许多年后，星星能否驻足天空
落下的月亮可否带走忧郁

如果能长高，这株白杨树
一定在我视线不及的地方
如果有人把她砍去用作材料
我也终将和她一起变成一截柴火
或一根柱子，在燃烧

是在午后，我吻了阳光
属于青藏的那缕阳光
谁会在意这样的吻
我的吻被飘浮的云收走

这棵白杨树或许还会长高
最后的绿叶为不久的冬日绽放

当我抬起头
看见秋从树枝间走过
而最初的月光已不知去向

这个秋季
我在一棵白杨树下坚强

2015年8月19日

母亲如是说

我已穷困潦倒，我的全部
就是眼前的这座雪山
和身后的那片草原
我已穷困潦倒，我向母亲索要财富
母亲说，寒冷其实是温暖的
你想富有，用善良去找寻

2015年8月21日

等你，为期一季

夜深了。你的心情随笔呢
问夜，一片黑
夸大的悲伤和幸福还在路上

草儿黄了，坡上有雪
那箭，因为秋风偏了

你说的镜子
我去看了，是空的
屈指可数的日子
亦真亦幻

那些坚持的循规蹈矩
没给你什么好处
我也是，别人我不清楚

是生活欺骗了我们
还是我们欺骗了生活
这样的问题，没人答复

关于文字
穿越青藏的那些诗句
存在相约的梦里
这样的美好无须佐证

后来，我们谈草原
谈那匹远去的老狼
说到这，有人开始瞌睡
这睡眠，质量一定不高

时光转移，秋天的思念
悬在枝上，完全没有凋零
而我开始等你，为期一季

2015年8月23日

我与心爱的人去了拉萨

——纪念一次旅行

在收获的季节里
我与心爱的人去了拉萨
看见高高的雪莲花开在唐古拉
蓝蓝的纳木错是我心的方向
呀啦嗦　呀啦嗦
蓝蓝的纳木错是我心的方向

在幸福的日子里
我与心爱的人去了拉萨
看见高高的布达拉站在云彩中
神圣的菩萨啊请保佑有情人
呀啦嗦　呀啦嗦
神圣的菩萨啊请保佑有情人

在最华美的时光里
我与心爱的人去了拉萨
看见美丽的玛吉阿玛在八廓街
尊者的情歌啊温暖了年轻的心

呀啦嗦　呀啦嗦

尊者的情歌啊温暖了年轻的心

2015年8月23日

像你的笑

又见风中飘叶
那是怎样的旅程
八月，月在枝头

雷声隆隆，阳光下
秋雨漫过半山坡
寂静的花在雪山上
像你的笑，在微风中

2015年8月25日

一匹奔跑的狼

我依旧是一匹奔跑的狼
向着苍茫，无边际的原野
雪地，孤影，追逐的梦
注定我属于那片草原

我会剥蚀，被岁月遗忘
但我不想失去你
失去你，让我觉醒爱的痛
很早以前，我已挣脱不了
你埋下的套，那美丽的诱惑

我会做一匹奔跑的狼
任岁月咬我
我坚信泥泞中有自己的歌
有一天，当你听懂我在唱什么
我依旧是一匹奔跑的狼

2015年8月26日

一起飞

那可是叶之飞
随秋风找寻远逝的梦
古镇的温暖依旧在
人们垒砌的嘛呢中

我不会赖在枝头
情愿被秋风带走
你要知道
我会记住夏的好

月光清辉的日子里
我们的记忆装满沁香
那是岁月给我们的爱

别再眷念
我已看见远处的雪
一起飞，随秋风
把我们的美好交给冬

2015年8月27日

怀念一杯茶

只是把诗意的标题留给我
你走后，湿润的茶叶开始枯萎
半开的窗前，一株两年前的
松树在读我的情绪
午后的太阳偏西，天依旧的蓝
站在窗前，看见西航嘎阳
它有经幡做伴，浅白色的祝福
在秋风中，那是怎样的寄托
怀念一杯茶，一杯不在杯里的茶

2015年8月31日

又见隆宝滩

选择飞翔，证明恋爱的季节
转入冬的怀抱
风要牵走它的季节，在最后的秋日
无须在乎走与留，默与喧
就像我的经年
飘也是它，落还是它

季节要转场。风中的不安
是你的惆怅，还是我的浮躁
假如草地是盘棋，举棋不定的我们
将会如何，向左还是向右
又一次想起
草地与河水，那份亘古的依恋
隔河相望中
是谁翻阅了我埋藏的痛
想用键盘留存一些往事
让每一行诗句积蓄火花
喷射晚霞般殷红，像飘动的经幡
重聚鲜明的色调，无论暖色或冷色

叶儿凋零，树枝滋养静默

积攒的心事交于弯月

这样，消失许久的心跳

可以碰撞雪原紧扣的大地

这样，有白雪可以映透诗的纯情

2015年9月8日

教师节感怀

当细碎的粉末爬满您的鬓间
噙满泪水的何止是我
当莘莘学子站立在阳光下
充满笑容的又何止是您一人
那些个孜孜不倦的教诲啊
那些个殷殷期盼的眼神……
经历了风雨，才懂得什么是可贵
品味了人生，才知道什么是伟大
也许，这样的表白很苍白
但我想说：老师，您辛苦了

2015年9月9日

踏雪而归

雪覆盖草原
空空的我，空空的行囊

村边，嘛呢石高了一截
转经的老阿妈背如弯弓
喇嘛的祈福依然
庙里的酥油灯依然
我踏雪而归

通天河像流动的血液
时刻不停，为自己的梦

风中隆达奔跑，经幡奔跑
而我，把眼泪滴在故土
滴在母亲的胸膛

2015年9月18日

花儿谢了

谢了，花儿真的谢了
夏日也很疲倦，需要修整
来不及忧伤，来不及听月亮呜咽

花儿是谢了，她不再鲜艳
而那些诗句呢，是否也枯萎
是否随风远去，丢下我
在深秋里哭泣

2015年9月29日

行走拉司通

但见片石铺筑的小村庄
让我的文字有了更好的去处
沿河映红的霞光里
疏疏隔着烟雾的丛林间
拉司通，一位智者的描摹
牵引出古北平整洁的道路

放线、盘角、挂线、砌筑
没有粉饰的外墙
石头的颜色就是它最美的本色
房檐下的图画，呈祥的八宝
透视着古村落的淳朴

坐在石头构筑的童话世界
就能斩断尘世的迷惘
不是吗，院墙是整齐的
房屋是整齐的，道路是整齐的
如果再有什么需要整齐的
那就是人要做正

季节没病
坐在石头砌起的古村落
坡边吃草的牛羊没病
站在一角老墙头
无论人留着，或是走了
都一样的心跳，一样的梦牵魂绕
这千年的古建筑，这石头垒起的古文明

2015年10月1日

你是我的阳光

你是我的阳光
在阴霾的日子里
有你的消息
使我感觉存在的真实

那道风景，已经过去了
别人看来不足挂齿

又一次站在悬崖边
为来临的暴风雨

无论怎样
要坚强地生活下去
因为你是我的阳光

2015年10月2日

无 题

十月，雪满山坡
一叶忧愁，在午后

小假的第一天
收到朋友送来的祝福
这祝福让人温暖

再过一段时间
季节就要转换
没事，夏日曾把树枝
修剪得那么妩媚

雪花在飘，飘走枝上的叶
晚秋的风，迎来了十月
来不及告别，时光偷走了
你我的欢乐与悲伤

2015年10月7日

你来看我吗

秋叶已落，你来看我吗？
入冬前。你来看我
我不会把金黄的记忆带给秋风
草已枯萎，你来看我吗？
大雪没来临之前。你来看我
我不会把希望寄存于草地之下
你会看我吗？看我写下的诗句
那些飘零的落叶，枯萎的小草

2015年10月16日

一棵歪脖子树下

一棵歪脖子树下
看江南，最后一次
月儿朦胧，星星藏在夜空
阁楼传来的评弹像流水

一棵歪脖子树下
在想，身在东吴大学
怎么把吴字念错了

一棵歪脖子树下
看江南，最后一次
十月推向下一站，我开始远行

2015年10月25日

别对我说冬的寒冷

不会牵强，风起的时候
我会走的。记住了
枝头上的话语
是我留给冬的恋歌
如果想去感受，别独自前往
请等等雪花，在某个黄昏
你能感悟的日子里
这样，我的灵性
或许变成你的愉悦
我所期待的美好交给了下一季
所以，别对我说冬的寒冷

2015年10月30日

请等月亮升起

月隐雪峰。心语系在枝上
今夜，没有月光
往事如风，如风往事
如果想聚，请等月亮升起
不是在一场酒里

2015年11月3日

至少
——致诗人

至少，可以远离一些喧嚣
至少，可以与月光举杯
疯狂的世界里
希望我们是静默的

2015年11月5日

只记了一段

而谁又能明白
走向这片高地时
诗已站在黑夜里
人们难以理解的朦胧
和黎明一同诞生

2015年11月8日

我能说什么

可是，我能说什么
流水终究被浮冰虐俘
那些个呢喃
像是临死前的呻吟
在地底下游走

这一年
我的春季没有什么故事
就像眼前的初冬没有雪花
可是，我又能说什么
此时，对我来说
没有你的消息是最好的消息

2015年11月16日

选 择

初冬。晴好
没有雪的季节
朋友选择了去岭国
说那是英雄驰骋过的地方
他还说，汉地传颂的天上
就是云端的故乡
我知道，大江源自雪山
这奔腾的河流
带有草原的清香
我知道，朋友选择去岭国
也就选择了思念的康巴
我也去岭国
只是没对朋友说而已
其实，岭国是我的故乡

2015年11月17日

等待，一场让风停歇的雪

青藏。秋已苍老
天空有震颤的羽翅
怎样亲昵，风尘中
那段理由之外的思念
这种托词，无力的言表
已疲于风的呼啸
可是，怎能忘记
那些经年的事，走过的人

残存于手指间的香
默然流在纸上。等待一场雪
一场伴有阳光且让风停歇的雪

2015年11月23日

燃灯节的早晨

燃灯节的早晨没有雪
我走向了一个叫湟中的地方
我去一座经堂燃灯
虔诚的信徒从我身旁而过
雪山寂静，河水寂静
是什么声音在我耳畔响起
是那吉祥的海螺声飘过拉脊山
海螺声穿过云层，飘向通天河
飘向深情的拉萨河……
信徒跪拜，海螺声长鸣
为了燃灯节而燃起的酥油灯
2015年的某个冬日我在塔尔寺
海螺声悠长，诵经声低沉
我站在祈祷的人群中
一起听海螺声，一起点酥油灯

2015年12月5日

我会留守这个你不常来的地方

城里的你不会知道雪落喀拉山
不会知道山下的人为世界祈愿
惯于抬起的长勒靴
高高地为这个冬季舞蹈
而母亲留下的牛角琴
弹唱了2015年的第一场雪
我不知道云端上的长袖
是否连接了你美丽的天空
但我想说,祖辈生活的大草原
从来没让我失落过
其实,我并不孤单
因为三十个字母和四个音调
因为世界上最长的英雄格萨尔王史诗
因为月光下的嘉纳嘛呢
因为山里的嘎依金秀……
我会留守这个你不常来的地方
一个离大城市很远的小镇
欢乐我的欢乐,悲伤我的悲伤

2015年12月16日

我用一把锋利的剑划过夜空

那些独立于寒冷的树枝
在夜里摸起来是如此的干燥

又一次看见，高空里
震颤的羽翅没入多云的黄昏
我知道黑夜将吞噬一切
当最后的光芒卷入黑暗时
我想起你唱的那首牧歌
多么苍老的一首牧歌
听见安放的诗被清辉的月光叫醒着
听见夜里的牧笛短过寒夜
听见冲出浮冰的涌流全然释放着自己
听见一根根冰柱站立在通天河的江面上

夜里，我再一次
找一把锋利的剑划过夜空
但不是为了天亮
天，自然会亮的

2015年12月18日

无 题

谈不上广阔，我的草原

就在前方，在我的视线之内

如果高兴，把它说成无边无际

那就让心灵去延伸吧

因为巴塘并不无边，嘉塘亦不无极

如果开启酒瓶，喧嚣就汹涌

那么我会说，这里不适合诗人

回家吧，回到与雪山对视

与月光相会的地方

这样，视线之外的喧嚣

任其汹涌，与诗人无关

2015年12月20日

鹰

鹰在高空，离开我们
披着阳光向天边
看见鹰已起飞，我会祝贺
它所追寻的美好

鹰啊，雪山在望
你走了，令我感伤
是的，鹰是留不住的
你看，它的羽翼太光辉了……

鹰已飞走，飞过肮脏之霾
涤尽罪恶，在远方重生
而我继续苟活

真怀念与鹰对面的时光

2015年12月23日

距 离

——赠友人

不曾忘记
你拥有的不朽
刻在你出发的那座雪山

与你的距离
像近旁的巴塘
没有什么比草原更亲近的距离

缘于出发，我会说
你不曾离去，永远也不会忘记

横隔的山川
不会拉断世间的距离
我想，与你的距离
好比躺在草地，仰视雪山

2015年12月25日

他 们

他们骑着马
从雪山下驰过
那片有记忆的草地
是他们的梦

他们就地而坐，搭起帐篷
野炊的日子，有青稞酒做伴
他们的话题
不是行进路上的风雪
而是前方的格拉丹东

2015年12月26日

古 塔

这座古塔静默于通天河畔

没有记载，没有传唱，没有转塔人

遇见的人说这座塔有些年头

但不知来历，为何而建

后来，塔边的山谷活了

说远嫁的公主从此地路过

再后来，石头活了，溪水活了

再后来，这座塔也活了

如今，这座古塔依旧静默于通天河畔

没有记载，没有传唱，没有转塔之人

有人说，这哪是什么塔

这分明是远嫁的公主留下的思念

顺着通天河水流向古长安

这话你信吗，我信了

2016年1月6日

巴颜喀拉山

一个适宜安放想象的雪山
四千八，心动的高度

远处，冰凉的草地
在看跻身于风中的少年
与路人话语这座雄性的雪山

2016年1月22日

无 题

二月。时间眯上了眼
站与不站，风逐鹿夜色
孤灯拉长的卡其色
孤灯遗忘的街角
啦啦啦，啦啦啦
皮鞋擦得亮爱情有方向
啦啦啦，啦啦啦
白天里的人夜晚里的鬼
唱词久而不停……

2016年2月1日

如 果

如果，有一天
雪压落枝叶
季节可否停下它的伤感
如果，有一天
风卷走彩虹
脚步能否停下它的追逐
如果不能，一起走吧
随着季节逾越伤感
随着脚步追逐梦想
如果，有一天
诗带走喧嚣
孤单是否停下它的寂寞
如果不能，请继续吧
为美丽的孤单
为一直以来的风景

2016年2月26日

一个风不知晓的午后，期待与你见面

我相信你已知道，那个早晨

我已离开草原，坐享一缕阳光

我想，我离开的事是风告诉你的

我的心事也就风知道

不过你想知道的应该不是这个

我很好，在另一座雪山，与你不远

希望有一天，你能路过我拥有的这座雪山

这样能与你见面，见面可以细说原因

期待见面，一个风不知晓的午后

2016年3月8日

三月，有人等雪

云的走失让三月风沙四起

有人感叹，没有雪的早晨不安宁

其实，等雪的人和写诗的人

心情是一样的，都在打听云的消息

广场上有人不断舞蹈

想以此踏热地底下的春

盼望一场雪成了人们的心愿

是的，青藏干燥的三月

不愿藏匿冬日里的情绪

夜里，风再次卷起

卷走云，卷走半个季节

2016年4月14日

白桦树

叶之飞，飞走一季思念
叶之飞，没有凋零的伤痛

——题记

这株白桦树和我一样
一定有它生根的理由
自打站在泥土里，这株白桦树一直向上
直至触摸云朵，青藏的天空下
我见过这样的白桦树
我会搂着她，像搂着不谙世事的情人
我在人们不经意的时候与她为梦
在我的上空，明亮的秋日里

多年后，星星或许不愿驻足天空
西去的月亮不能带走我的忧郁
这些都不重要，重要的是我拥有这株白桦树
这株白桦树必定长高，长到视线不及的地方
那天有人把她砍去用作材料
我也终将会变成一截柴火与之燃烧

我拥抱着白桦树，亲吻了阳光
灼伤是这个午后留给我的记忆

这株白桦树开始长高
最后的绿叶为不久的冬日绽放
我看见叶之飞，叶之飞，是我的祝福，在风中

2016年4月28日

五月前后

一定是这样的
假日里，人们怀揣梦想
奔赴在各自设定的意境里
我这里，一场雪落在五月前后
这场雪是送给这个节日的礼物

没有什么能送给你。问候
是我唯一的礼物，我知道
这样的礼物很轻，不像落雪纷纷扬扬

五月前后，我也去了一个地方
就像你去了一个风景如画的地方
而我去的地方枝头还未绽放
落雪是我见到的最好景色

五月前后，大家各自奔赴
一个心里向往的地方。说是奔赴
其实我仍在原处，没能走出草原
很好，草原有雪，就像远方不能没有雨一样

五月前后，有我的问候

一场从雪中送去的问候

2016年4月30日

母 亲

纵然国王直视着我的脸
我也决不肯低眉顺眼
可是坦白地说
母亲，在您温柔的目光里
我是那么的卑微、低下……

——题记

圣地。深浅不一的脚印里
我找到了母亲留下的那一串
就像五月里，有人找到了一米阳光

像我，可以忘记一切
唯独不能忘却母亲的目光
母亲的目光，炯炯如炬，照亮黑暗

我曾试图匍匐青藏之路
想以此打开布达拉宫之门
感恩早年离去的母亲
有人说：好啊

这样能报答母亲一只乳房的恩情

是的，无法报答母亲的恩情
即使匍匐藏地，所有的圣地
是的，在母亲温柔的目光里
我是那么的卑微、低下……

2016年5月4日

目 睹

努力地飞翔，日暮消失前
路途、巢穴、回归的喜悦
让鹰不在疲于风的阻力
云的走失使草原归于沉寂
期盼中，谁的目光投向了深蓝色的天空
希望不召而回，那群走失的云
日复一日，枝头绿了又黄，黄了又绿
阳光以它独有的方式守护着
独立于崖边的树，一株来自远方的树
日暮消失前，我所目睹的直视
鹰的归墟，树的站姿，一双期待的眼神

2016年5月9日

座椅上的人

一杯咖啡，半截纸烟
座椅上半躺的人微闭着眼
黑夜里挨过的寂寞
在等不一样的黎明
远处，微光破晓
这光没能叫醒座椅上的人

2016年5月

图书在版编目（CIP）数据

坐享 青藏的阳光 / 尼玛松保 著. -- 北京 ：作家出版社，2016.7

（康巴作家群书系. 第四辑）

ISBN 978-7-5063-8976-1

Ⅰ. ①坐… Ⅱ. ①尼… Ⅲ. ①诗集 – 中国 – 当代 Ⅳ. ①I227

中国版本图书馆CIP数据核字（2016）第137666号

坐享 青藏的阳光

作　　　者：尼玛松保
责任编辑：那　耘　李亚梓　张　婷
装帧设计：翟跃飞
出版发行：作家出版社
社　　　址：北京农展馆南里10号　　　邮　　编：100125
电话传真：86-10-65930756（出版发行部）
　　　　　 86-10-65004079（总编室）
　　　　　 86-10-65015116（邮购部）
E-mail:zuojia@zuojia.net.cn
http://www.haozuojia.com（作家在线）
印　　　刷：三河市华业印务有限公司
成品尺寸：152×230
字　　　数：88千
印　　　张：8.75
版　　　次：2016年7月第1版
印　　　次：2016年7月第1次印刷
ISBN 978-7-5063-8976-1
定　　　价：28.00元